INVENTAIRE
Ye 21734

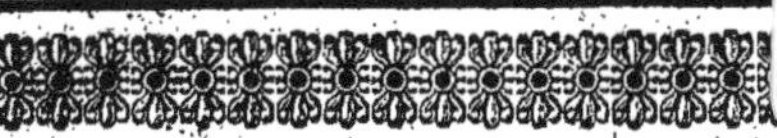

FABLES

Composées

Par les Elèves de Troisième

DU PETIT-SÉMINAIRE

de Nantes.

8 Mars 1826.

A Nantes,
De l'Imprimerie de Mellinet-Malassis,
Imprimeur de Mgr. l'Evêque et du Clergé.

Y

FABLES

COMPOSÉES

PAR LES ÉLÈVES DE TROISIÈME

DU

PETIT SÉMINAIRE DE NANTES.

A NANTES,
DE L'IMPRIMERIE DE MELLINET-MALASSIS,
Imprimeur de Mgr. l'Evêque et du Clergé.

MARS, M. DCCC. XXVI.

HOMMAGE.

TENDRE ami de notre jeune âge,
Daignez sourire à nos premiers essais :
Oui ; si, de nos faibles progrès,
Vous voulez agréer l'hommage,
Vous doublerez notre courage
Pour de nouveaux et plus brillans succès.
Docile à la main qui la guide,
Notre muse, novice encor,
Redoutant quelque trait perfide
N'ose prendre un trop libre essor.
Des héros triomphans célébrer la victoire,
Des puissans Rois chanter la gloire,
Ce serait trop pour notre faible voix.
Nous chantons des *bossus* l'amour-propre incurable,
Défaut auquel parfois
Sont bien sujets les hommes les plus droits :
Sous les ornemens de la fable
Nous vous peindrons encor le *songeur éveillé*,
Ou le *marchand* bizarrement trompé.
Petits sujets : vous le savez, l'enfance
Se traîne et marche avant que de courir ;
Si, cependant, votre indulgence
A nos efforts daigne applaudir,
Nous recevrons trop grande récompense.

J. TARDIF.

FABLES.

La ville des Bossus.

JADIS, non loin des rives de la Loire,
Etait une cité dont tous les habitans
Naissaient bossus, si l'on en croit l'histoire :
Ce trait est du vieux tems.
Alors ne tenait point la commune folie
De voyager dans les pays lointains ;
Rarement on avait l'envie
De visiter le reste des humains.
Cependant, en ces lieux qu'arrose le Loiret,
Arrive un charlatan annonçant un secret
Nouveau, merveilleux, admirable ;
C'était de rendre droit, joli, bien fait, aimable.
— « Approchez, criait-il, approchez : mes onguens
Sont bons pour les vieillards, sont bons pour les enfans.
Ah ! si vous connaissiez ce remède sublime !
Esculape en fit don autrefois à Chiron :
De n'en pas acheter, croyez-moi, c'est un crime ;
Ce n'est point un achat ; non, messieurs, c'est un don;
Car, voulant que chacun profite
De ma visite,
Je ne vends mon onguent que trois sous le paquet. »

Après qu'il eût ainsi fait aller son caquet,
Il se mit en devoir d'étaler son bagage.
— « Que prétend-il par ce langage,
Se demandent alors, transportés de courroux,
Ces gens qui du présent que leur fit la nature
Etaient sans doute fort jaloux !
Voyez la charmante tournure !
C'est bien à ce dos plat à se moquer de nous ! »
Aussitôt, sur toute la place
S'élèvent des clameurs parmi la populace ;
Et ce charlatan imprudent,
Pour ne pas éprouver quelque chose de pire,
N'eût qu'à se sauver promptement.

Mal fait d'esprit, tortu, bossu, chacun s'admire.

J. TARDIF.

Le Marchand de Bouteilles.

Dans la riche cité, séjour du grand sultan,
Zuras, petit marchand,
Etalait et flacons et bouteilles
Bien entassés dans des corbeilles,
Et du mieux qu'il pouvait faisait valoir son bien.
Debout sur la place publique,
Considérant sa petite boutique,
Déjà dans son esprit il en comptait le gain.
Il prenait un flacon, une bouteille, un vase,
Les contemplait avec extase,
Puis les vendait, en tirait force argent,
Et devenait très-gros marchand.
— « De la façon dont je trafique,
J'espère bientôt posséder
Riche dépôt, magasin magnifique
Que je saurai bien augmenter.
Alors on me verra briller dans le commerce,
Tenir un haut rang dans la Perse,
Et, qui plus est, devenir grand seigneur.
Le sultan même, instruit de ma grandeur,
De mon éclat, de mes richesses
Viendra m'offrir la main d'une de ses princesses :
Alors on n'entendra parler que de Zuras.
On me verra vêtu d'une robe brillante,
Environné d'une pompe éclatante

Avec fierté porter mes pas ;
Et je ne désespère pas
De parvenir un jour au rang suprême,
Et de voir sur ma tête un riche diadême. »
Il se croyait déjà dans ce rang élevé.
Plein de ce projet magnifique
Il fait un saut de joie et sa pauvre boutique
Vole en éclats sur le pavé.
Il se réveille : alors, tout dépité,
Mille fois il maudit sa triste destinée.
— « Ah ! j'étais devenu presque dans un instant
Gros marchand, grand seigneur, gendre du grand sultan,
Et me voilà l'objet de la risée ! »

P. D'ANDIGNÉ.

Les Songeurs.

TROIS habitans des lieux où la Garonne
Vient par son onde arroser les moissons,
Faisaient voyage ensemble au retour de l'automne.
De ces trois bons Gascons,
Deux étaient francs gaillards ; sous un air imbécille,
Le troisième cachait un esprit souple et fin.
Pour ne pas souffrir de la faim
Ils s'étaient bien munis en sortant de la ville.
D'abord tout alla bien.
Mais ils furent à peine au milieu du chemin,
Que leur provision consumée
N'offrait presque plus rien à leur bouche affamée.
Bref, ils n'en avaient pas
Pour un repas.
Nos gens embarrassés ne savaient comment faire ;
Mais le pire de cette affaire
Etait qu'ils se trouvaient dans un désert affreux,
Un désert, on m'entend : c'étaient des landes
Si grandes,
Que pour désert on les prendrait bien mieux.
Nos deux gaillards aux dépens du confrère
Désiraient fort vivre ce jour.
Il fallait lui jouer un tour :
Pour des Gascons c'était chose vulgaire.
On convint donc de donner le chanteau

A celui qui ferait le rêve le plus beau.
Sur quoi nos trois Gascons s'étendent sur la terre.
Voilà chacun des deux gaillards ronflant
Et faisant un bruit de tonnerre ;
L'autre feignit de dormir seulement ;
Puis, tout doucement il se lève,
Et, leur laissant faire leur rêve,
Vous prend ce qui restait, le mange bel et bien :
Aux songeurs il ne laissa rien,
On le devine. Et puis notre homme
Se couche, en attendant qu'ils aient fini leur somme.
Ils se reveillent tous les deux
Vantant leur songe à qui mieux-mieux :
— « Oh ! disait l'un, oh ! quel songe admirable !
J'étais dans le palais du souverain des dieux,
Je me régalais à sa table
Des mets les plus délicieux,
Tout enivré d'un nectar agréable. »
— « Et moi, répondait le second,
J'étais à souper chez Pluton,
Et je mangeais comme un beau diable. »
L'autre alors se levant : — « Moi, dit-il, mes amis,
J'ai rêvé que tous deux, parmi les dieux assis,
Des plus doux mets faisiez bombance ;
Voyant que rien ne vous manquait,
Je résolus en conséquence
De manger tout ce qui restait. »

MÉNARD.

SENEX ET LATRUNCULUS.

QUIDAM solebat furari Latrunculus
Vicino in horto fructus. Hìc ditissimis
Muneribus Pomona coronaverat arbores.
Colebatque Senex istum, sua regna, hortulum.
Altos superans muros helluo quadam die,
Et circumspiciens, uncis manibus arduum
Petebat leviter promiferæ caput arboris,
Hunc quando suspicit perambulans Senex.
Hilaris puer jam poma carpens improbo
Unguiculo, devorabat dentibus avidis.
Haud mora, descende, Latruncule, dixit Senex,
Mei sunt fructus : abito, aut herbas colligam
Magicas, et mox graviore casu decides.
Hue! deliras, Senex, aït Latrunculus
Fabulas narres istas timidis infantulis,
Non abiero, tuis quin pomis sim satur.
Tum lenitate nil valere se videns
Senior, silicem prehendit velleque simulat
In illum vibrare; at puer perterritus
Desilit ex arbore, festinanter et fugit.

Rigor domat, quos non emendat lenitas.

P. BOISCOURBEAU.

HIRUNDO AD SUUM PULLUM.

HIRUNDO juvabat sic monitis pullum suis :
Pullule, positos istic sedulò ramos câve;
Placet locus; ne credas nimium, mors latet.
Vix mater abierat, cùm pennis concitis
Volat ad locum pullus; in his, iniquit, ramulis
Quid metuendum ? Severæ delirant anus,
Si prœbeas aures monitis; hi belluli
Necem minantur ramuli ! quid sit mali
In his experiar. Vix ea voce retulerat,
Quum, murmur excipit auribus, fugere cupit;
Ast alis extensis, inhœsit glutine:
Deplorat fata, clamoribus auras replet;
Sed frustra; puer inexorabilis manu
Corripit; et illi digitis fauces comprimit.

Quisquis juvenis es, monita ne spernas, cave.

BOUTOLEAU.

QUATUOR CANES.

QUONDAM tres ante focum fovebant se canes.
Recurvis molliter cinere cervicibus:
Quartus simul quoque toto corpore madidus
Horrens atque tremulus supervenit auxior.
Tempus erat quo natura cano horret gelu,
Atque imbribus crebris undosa riget hyems.
Torve tuens oculis focum circumspicit;
Aures movens madidas; illi nec erat locus.
Quid adversus tres faciet? ad astum confugit.
Foras egressus, furibus circumdatam
Domum fingit; more luporum simul ululat:
Tunc, auditis ululatibus nostri canes
In fures ire, totamque invisere domum.
Alter dùm tacitus in vacuo recubat loco.

DALIBERT.

Monsieur,

Heureux ceux de nos condisciples qui ont su parer des livrées des muses, les fables qu'ils viennent de vous offrir! Mais si nous ne pouvons comme eux donner à nos premiers essais les graces de la poësie, nous pouvons du moins nous rendre le doux témoignage que nous avons le même désir de contenter celui qui prend tant d'intérêt à nos succès et à nos travaux. Heureux, si nous avions su répandre dans ces petites compositions cette simplicité, ce naturel, ces graces naïves qui font la beauté de l'apologue; nous viendrions avec bien plus de confiance vous offrir, sous les voiles de l'allégorie, *l'enfant* peu docile aux bons conseils, et piqué par un serpent caché sous des fleurs; ou une *colombe* trompée par l'apparence, et victime de son erreur; ou un *jardinier* détruisant imprudemment la haie qui protégeait ses fruits et ses légumes; ou le *lys* orgueilleux qui traite avec dédain tous les êtres qui l'environnent; ou tel autre sujet que nous avons traité avec d'autant plus de plaisir et d'ardeur, qu'en commençant à nous exercer dans l'art d'écrire, nous y trouvions des leçons utiles. Si nous n'avons pas atteint à une perfection qui est au-dessus de nos forces, nous n'en sommes pas rebutés; et, comptant sur votre indulgence, nous sommes persuadés que les fautes que vous remarquerez dans nos premiers essais, feront bien moins d'impression sur vous que le motif qui nous anime, le désir de vous contenter, vous et tous ceux qui s'intéressent à nos succès. Si nos efforts ont pu vous plaire, votre suffrage et votre approbation nous inspireront une nouvelle ardeur, et nous feront surmonter sans peine toutes les difficultés.

Daignez, Monsieur, recevoir favorablement l'hommage que les élèves de Troisième vous font de leurs premiers essais, et en même tems, celui de leur profond respect et de leur vive reconnaissance.

Au nom des élèves de troisième,

Ev. BRETONNIÈRE.

LE LABOUREUR ET L'ENFANT.

Le printems venait de renaître : la nature se parait de ses plus beaux ornemens. Un jeune enfant, passionné pour les fleurs, comme on l'est à cet âge, parcourait les champs et les prairies, pour satisfaire ses goûts et ses désirs. Semblable au volage papillon, il vole de fleurs en fleurs : aucune ne peut fixer son choix ; plus il en a, plus il en veut avoir, et plus celles qu'il laisse lui semblent belles. Il arrive près d'un ruisseau que bordaient mille fleurs de différentes espèces. Un laboureur l'aperçoit : — « O mon fils, lui cria-t-il de loin, fuyez, fuyez vîte de ce lieu : ces fleurs qui vous flattent tant recèlent d'affreux serpens ; craignez leur cruelle morsure, elle vous donnerait la mort ! » A ces mots, l'enfant effrayé recule, jette ses fleurs et s'enfuit tout hors de lui-même. Mais bientôt il revient à lui, il s'arrête, il pense aux fleurs qu'il vient d'abandonner ; il doute, il hésite, il fait un pas en avant, puis il revient ; enfin, il se rassure : — « Peut-être, se dit-il à lui-même, cet homme a voulu me faire peur ; comment sait-il qu'il y a là d'affreux serpens ? » Là-dessus, il retourne à ses fleurs, il en cueille une avec précaution, puis une autre : point de serpens. — « Il m'a trompé ! » s'écrie-t-il ; puis il se livre à sa bouillante ardeur. Il aperçoit une fleur qui surpassait toutes les autres par son vif éclat. Il y vole ; mais, pendant qu'il veut la cueillir, un serpent perfide s'élance sur sa main en sifflant, et lui fait une blessure mortelle.

Craignons, en méprisant les bons conseils, de périr, comme ce jeune enfant, victimes de notre imprudence.

E. BRETONNIÈRE.

L'ENFANT ET LA COLOMBE.

Un peintre avait exposé dans son jardin un tableau pour le faire sécher au soleil. C'était, dit-on, un chef-d'œuvre capable de le disputer aux ouvrages les plus achevés d'Apelle et de Raphaël. Il représentait un arbre, dont les branches chargées des plus beaux fruits se courbaient vers la terre. Ces fruits étaient si bien peints, que le renard lui-même s'y serait trompé. C'était trop pour une colombe qui vint à passer par là. Elle aperçoit ces fruits ; jamais elle n'en avait vu de si beaux. Pourquoi, dit-elle, aller plus loin : je ne peux mieux trouver mon affaire : la table des rois n'est pas chargée de fruits plus délicieux. Sans doute, c'est pour moi que la nature a fait naître ce bel arbre. En disant ces mots, elle vole à tire-d'aîle vers l'arbre en peinture, et se frappe si rudement contre le tableau, qu'elle tombe tout étourdie. Le petit enfant du peintre qui avait tout vu, court vers elle, la ramasse, et tout joyeux, la porte à son père, en lui contant sa triste aventure.

Mon cher fils, lui dit son père, apprenez à ne pas vous fier aux apparences.

MAUGIS.

LE VOYAGEUR ET LES PIERRES.

Un villageois, faisant voyage un jour, arriva dans un chemin rempli de pierres. D'abord il butte, passe pour la première fois. Il butte encore. — « Qu'est-ce que cela veut dire, s'écrie Nicolas ; est-ce que ces maudites pierres m'empêcheront d'avancer? » A peine avait-il achevé ces mots, qu'il butte une troisième fois, mais si rudement, que le pauvre Nicolas, sans son bâton, serait tombé sur le nez. — « Oh ! pour le coup, c'en est trop. Parbleu! je suis bien bon ; ces maudites pierres m'embarrassent ; attendez, attendez ; elles vont toutes passer de l'autre côté de la haie. » Aussitôt, il se met à l'ouvrage : chaque pierre qu'il trouve, il la prend, et la jette le plus loin qu'il peut. Mais à-peine avait-il fait la moitié de la route, que mon nigaud tout hors d'haleine, et n'en pouvant plus, fut forcé de quitter son beau dessein, et s'aperçut qu'il avait passé plus de tems à se fatiguer en vain, qu'il ne lui en fallait pour faire sa route tout entière.

Allons droit notre chemin, sans vouloir écarter toutes les petites difficultés.

DE LEPERTIÈRE.

LE JEUNE ARBRE ET LA RONCE.

UNE ronce plaignait un jeune arbre : « — Voisin, lui disait-elle, que vous êtes malheureux ! Ce cruel jardinier viendra-t-il donc toujours couper vos jeunes branches, vous redresser, vous lier, vous empêcher de croître ? Que votre sort est à plaindre ! Pour moi, voyez comme je suis heureuse ; je vis, je crois en liberté. — Eh ! Madame la ronce, lui répondit l'arbrisseau, ne voyez-vous pas que le jardinier ne retranche que ce qui pourrait me nuire ? Il veut que je produise de plus beaux fruits, et que je devienne un jour l'ornement de son jardin. Pour vous, qui ne produisez rien, le jardinier vous néglige ; ou, s'il vous cherche, ce n'est que pour vous couper et vous jeter au feu. Je crains fort, ma mie, que ce malheur ne vous arrive bientôt. » — Là-dessus, le jardinier vient faire sa ronde, visitant tout, et arrachant les herbes stériles. Il vient à notre jeune arbre : « — Oh ! dit-il, nous avons là un charmant poirier, mes soins ne sont pas perdus ; tâchons de le bien conserver. » Puis il aperçoit la ronce : « Je le vois bien, dit-il, on a beau faire, on ne peut venir à bout de tout nettoyer ; voilà encore une ronce qui nuirait à mes jeunes plantes. » Tout en parlant ainsi, il l'arrache, l'emporte et la met au feu.

BRIAND.

LA HAIE ET LE JARDINIER.

Guillaume cultivait avec grand soin un petit jardin que son père lui avait laissé pour tout héritage. Il s'y rendait dès le matin, travaillait, béchait, arrosait : il ne se donnait nul repos ; aussi, ses légumes venaient-ils à souhait. Un jour qu'il contemplait son ouvrage : « Voilà, se disait-il, une plate-bande excellente : la laitue y vient à merveille. Parbleu, sans cette haie, j'en ferais un beau carré, il faut que je la coupe ; j'aurai de plus ma provision de bois pour l'hiver prochain. » Tout en raisonnant ainsi, le bon Guillaume prend sa hache, et puis frappe à grands coups sur le pied des blanches aubépines. — « Arrête, ingrat, s'écrie, la haie, est-ce ainsi que tu reconnais mes services ? Combien de fois n'ai-je pas préservé tes légumes et tes fruits ! Tu coupes ta bienfaitrice : arrête, crois-moi, il en est encore tems. » — « Tais-toi, reprit Guillaume, peu touché de ces remontrances ; tu occupes inutilement mon terrain. » Puis il continue d'abattre la haie. Le lendemain, le bon-homme tout joyeux revient achever son ouvrage. Mais, ô douleur ! plus de fruits, plus de légumes ! tout avait été ravagé. Il se dépite, s'arrache les cheveux ; mais cela ne répara pas le mal qu'il s'était fait à lui-même.

L'ambitieux perd tout, souvent en voulant trop gagner.

JACOBSEN.

LA GAZELLE SACRIFIÉE.

Une gazelle vivait paisiblement dans son petit ermitage : elle fut invitée aux noces d'un léopard, grand seigneur du voisinage. Il devait y avoir un grand festin : les léopards, les tigres, les lions s'y rendirent de tous côtés. La gazelle y venait comme voisine du nouveau marié. Celui-ci avait eu soin d'aller à la chasse et de faire bonne provision pour ce grand jour. Brebis, chèvres, génisses et taureaux, rien n'y manquait. Mais pour notre pauvre gazelle, ce n'était pas là des mets bien délicieux : elle ne pouvait en soutenir la vue. L'un des convives remarquant qu'elle ne mangeait pas : — « Mangez, ma petite, lui dit-il, vous faites injure à monseigneur de ne pas prendre part au festin. » — Elle répond qu'elle n'est pas accoutumée à ces mets sanglans, et que l'herbe tendre lui suffit. L'autre fait de nouvelles instances ; et, comme elle résistait toujours, un fier lion, prenant son refus pour une censure. — « Jeune téméraire, lui dit-il, tu vas trouver tout à l'heure ce que tu mérites. » A ces mots, il saute dessus et l'étrangle : elle fut mangée au dessert.

Ne vous liez pas imprudemment avec les méchans.

HÉRY.

LE LYS,

LE MOINEAU, LE LIMAÇON ET LA FOURMI.

Le lys, tout fier de sa beauté, ne se plaisait qu'à se moquer des autres. Un jour il vit un moineau perché sur un arbre voisin et chantant à sa manière. — «Pauvre moineau, disait tout haut l'orgueilleuse fleur; que tu es malheureux d'avoir été condamné à voler toujours, sans jamais te fixer en aucun endroit. A quoi bon te fatiguer vainement à parcourir les airs; vois, comme m'élevant avec grâce sur ma tige, je fais toujours l'ornement du même jardin.» Pendant que le lys parlait ainsi, il voit passer un limaçon, et se met encore à jaser sur son compte. — «Vile créature, lui dit-il, où vas-tu en portant ainsi ta maison sur ton dos? Où veux-tu arriver en marchant de ce pas?» Il allait en dire davantage; mais une fourmi l'interrompit. — « Cesse, lui dit-elle, fleur orgueilleuse, de trouver à redire au vol léger du moineau, et à la marche lente du limaçon. Ils vont où ils veulent, le moineau d'un vol rapide, le limaçon avec plus de lenteur. Pour toi, réduite à ne pouvoir changer de place, tu brilles un instant; bientôt tu te faneras, et on te coupera comme une plante inutile. Apprends donc à ne pas blâmer dans les autres les dons que la nature leur a faits, et qu'elle t'a refusés.» Le Lys confus n'eut rien à répliquer.

ALLARD.

LA FAUVETTE ET LE FAUCON.

Une fauvette avait des petits qu'elle élevait avec le plus grand soin, un jour que cette tendre mère revenait de chercher leur nourriture, elle aperçoit un faucon perché sur une branche voisine de son nid, et qui semblait dévorer des yeux sa chère couvée. Son cœur est glacé d'effroi à cette vue. Cependant, il n'y a pas de tems à perdre. Elle vole aux pieds du faucon. — « Seigneur, lui dit-elle, épargnez, je vous en supplie, ces petits malheureux : ils ne font presque que d'éclore ; à peine sont-ils couverts d'un léger duvet. Que serait-ce pour satisfaire votre appétit ? » Ses prières touchèrent peu le faucon. — « J'ai ouï dire, reprit-il, que tu avais une belle voix : hé bien ! voyons ; si ton chant me plaît, je t'épargnerai toi et tes petits. » Alors la fauvette employa tout son talent pour plaire au faucon. Elle charma tous les échos d'alentour par la douceur de ses chants. — « Comment ! lui dit alors le faucon d'un ton moqueur, c'est là cette voix si belle ! Ma bonne, ce n'était pas la peine de chanter. Toi et tes petits, vous allez assouvir ma faim. » — « Juste ciel, s'écrie la fauvette, laisseras-tu un tel crime impuni ! L'injustice triomphera-t-elle de l'innocence ? » Elle n'en triompha pas. Un chasseur passe à l'instant, aperçoit l'oiseau cruel et parjure ; et, lui décochant une flèche, le fait tomber mort au pied de l'arbre. L'innocence fut vengée.

CHUPIN.

LA COLOMBE ET LE NID DE PINÇON.

UNE colombe rencontre un jour un nid de pinçon ; mais qu'y voit-elle ? Quatre petits abandonnés et mourant de faim. La mère venait de périr de la main d'un oiseleur, le père était blessé. La colombe ne délibère pas long-tems, elle vole chercher de la nourriture, l'apporte en diligence à ces petits infortunés, puis les réchauffe et leur rend la vie. Chaque jour elle leur prodiguait ses soins. Les petits croissaient et devenaient plus forts. La colombe, contente de l'heureux succès de ses peines, revenait un matin toute joyeuse rendre visite à sa nouvelle famille. Mais, quelle fut sa surprise et sa douleur ! Elle voit fuir les petits pinçons devant elle : elle les rappelle ; mais c'est en vain. Ils ne connaissent plus sa voix. La pauvre colombe remplissait l'air de ses gémissemens, lorsqu'une hirondelle, passant par là, lui dit : — « Consolez-vous, ma bonne, il est beau de faire des ingrats. »

JOYAU.

LA COLOMBE, LA PIE ET LE PAON.

La colombe alla un jour, avec Margot la pie, rendre visite au paon. Margot ne cessa de jaser. Elle fit au paon force complimens ; tantôt elle vantait sa riche queue, et tantôt sa brillante aigrette, et même elle trouvait de l'élégance dans ses pattes, et de la douceur dans sa voix. Sa démarche était noble et grâcieuse. Mais elle ne fut pas plutôt sortie, que notre babillarde changea bien de langage. — « Ma mie, dit-elle à la colombe, avez-vous remarqué l'orgueil insupportable de ce paon : comme il est fier de cette queue, présent de Junon, dont il est le favori ! et puis, il veut chanter ! mais sa voix déchire les oreilles et fait fuir tous les oiseaux du voisinage. Et ses pattes, elles sont affreuses. Qu'en pensez-vous ? » — « Ma bonne, repartit la colombe, je n'ai point vu dans le paon cet orgueil dont vous parlez ; j'ai admiré les richesses de sa queue ; et la manière dont il nous a reçues m'a charmée. Quant à sa voix, j'y faisais peu d'attention, tant j'étais occupée de la beauté de sa queue et de ses brillantes couleurs ; peut-être aussi était-il enrhumé. »

Apprenons de la colombe à interpréter favorablement, même les défauts du prochain.

BONNEAU.

LA POULE ET LE PETIT POULET.

UNE poule avait perdu tous ses petits, à l'exception d'un seul qui avait échappé à la dent du renard. Elle l'élevait avec grand soin, et lui recommandait souvent de ne pas imiter la désobéissance de ses frères, qui les avait perdus. Tout alla bien tant que la mère fut près de son petit. Mais un jour elle fut obligée de le quitter, non sans lui répéter plusieurs fois : «Mon fils, gardez-vous de sortir, craignez le renard : il est rusé : il vous attraperait au moment où vous vous y attendriez le moins.» Après cela, la poule part. A peine est-elle sortie que notre petit imprudent s'ennuie déjà de se voir en captivité. Il fait un pas dehors ; puis deux ; va se promener au soleil, s'applaudissant de n'avoir pas suivi les conseils de sa mère. Mais, pendant qu'il se roule dans la poussière et qu'il fait mille sauts, le renard arrive, saisit notre jeune étourdi et le croque bel et bien.

JOUSSAUME.

LE SINGE ET LE DOGUE.

UN singe s'était rendu célèbre par ses tours, on n'entendait dans toute la contrée que parler du fameux Bertrand. Un jour qu'il amusait par ses prouesses une foule de spectateurs, un gros dogue arrive, attiré par la curiosité. Bertrand, monté sur une échelle, faisait preuve de son adresse et recevait force applaudissemens. Enfin il descend, s'approche du nouveau venu et lui fait maintes grimaces. Toute l'assemblée riait aux éclats. Notre dogue, peu satisfait de ce jeu, lui donne un coup de patte, puis un coup de dent. Bertrand, trop faible contre un tel ennemi, prend un bâton, saute à califourchon sur le dogue, puis droit sur son dos se cramponne. — « Ah ! ah ! monsieur le dogue, nous y voilà, vous en aurez de toutes les façons. » Puis avec son bâton, *tac*, *tac*, *tac*, à droite, à gauche, à mesure qu'il tournait la tête. Le dogue après de vains efforts, étourdi et n'en pouvant plus, reconnut que souvent l'adresse triomphe de la force.

M. DURAND.

LE VER-A-SOIE ET LE LIMAÇON.

Un limaçon rencontra un jour un ver-à-soie, qui travaillait avec ardeur au tissu qui doit lui servir de tombeau. —« Pauvre insecte, lui dit-il, que je te plains! à quoi bon toutes ces peines que tu te donnes? que prétends-tu par là? les destins m'ont été bien plus favorables; sans travail, sans soucis, je passe ma vie à me promener, je fais bonne chère et j'ai tout à souhait. » — « Comment, répliqua le ver-à-soie, oses-tu déplorer mon sort? je suis utile aux hommes, et ma soie sert à parer les grands et les rois. Mais toi, pauvre insecte, tu n'es utile à personne, et si le jardinier te rencontre il t'écrase avec horreur : tu ne traînes qu'une vie languissante. Pour moi je reparaîtrai bientôt plus beau et plus brillant. » Le limaçon ne sachant que répondre rentra dans sa coquille.

PERRIN.

LE FERMIER ET SON CHIEN.

Un fermier avait un chien des plus fidèles. Tant qu'il fut jeune, il s'appliqua à rendre à son maître tous les services qu'il put : rien ne se perdait autour de la maison ; les fruits et les raisins mûrissaient sans être détruits par les passans ; la volaille et les brebis n'avaient rien à craindre de la dent cruelle du Renard ou du Loup, tant il faisait bonne garde. De tels services méritaient d'être payés de reconnaissance ; l'ingrat fermier n'en jugea pas ainsi : ce pauvre animal devint sourd dans sa vieillesse ; et le fermier, voyant qu'il n'avait plus de service à en attendre, résolut de s'en défaire. Il le mène sur le bord d'une rivière ; puis, prenant une pierre, il le saisit. Le chien, à l'air de son maître, se doute bien de son dessein, mais fidèle jusqu'au dernier moment : « Maître, lui dit-il, en se laissant attacher la pierre au col, que vous ai-je fait, pour me traiter de la sorte ? Je me suis épuisé pour vous rendre service ; et je me suis plus d'une fois exposé à périr pour vous délivrer de la main des voleurs : j'ai sauvé vos brebis ; et ma vigilance ne s'est jamais lassée, tant que j'ai pu vous servir. » Le fermier, ne pouvant soutenir ces trop justes reproches. — « Que faire de ce chien, dit-il, il est enragé ? » Puis il le prend, et le jette dans la rivière.

GLOTTIN.

BIBLIOTHÈQUE ROYALE

www.ingramcontent.com/pod-product-compliance
Ingram Content Group UK Ltd.
Pitfield, Milton Keynes, MK11 3LW, UK
UKHW012124240726
13965UKWH00005B/1961

9 782013 042314